ANDRÉ TAYMANS

Caroline Baldwin

D1726327

Die Bohemian-Verschwörung

comicplus+

1. Auflage 2015
© comicplus+
   Verlag Sackmann und Hörndl · Leipzig 2015
Aus dem Französischen von Eckart Sackmann
CAROLINE BALDWIN: La conjuration de Bohême (2012)
Copyright © 2015 by Casterman SA, Tournai
Druck: SAF · Tiskarna Koper, Slowenien
Alle Rechte vorbehalten
ISBN 978-3-89474-270-6

Alles über unser Verlagsprogramm erfahren Sie unter
www.comicplus.de

DIE EULE IST IN IHREM WALDTEMPEL...

SEID MIR GEGRÜSST, BOHEMIANS, IN DER MITTE DES SOMMERS! GEHEILIGT SEIEN DIE PFEILER DIESES HAUSES...

WIR HABEN UNS HIER VERSAMMELT, UM DURCH DIE REINIGENDEN FLAMMEN ALLE ZWEIFEL ZU ZERSTÖREN...

WIR RUFEN DICH AN, O EULE! WACHE DARÜBER, DASS AUF DEM ALTAR DER BOHEMIANS EINE REINE UND EWIGE FLAMME BRENNT!

DU GROSSE EULE, WIR DANKEN DIR FÜR DEINE LIEBE!

DEIN FEUER VERBANNT ALLE ZWEIFEL. MÖGE SICH DER WIND AN DER VERBLEIBENDEN ASCHE ERFREUEN, MÖGE DIESE MITTE DES SOMMERS UNS DIE ERSEHNTE FREIHEIT BRINGEN!

Teil zwei

IST DER PLATZ FREI?

UND WIE!

HIER HAST DU ES! JETZT BIST DU DRAN!

WAS HÄLTST DU DAVON?

NICHTS GUTES!

ICH NEHME AN, DU STECKST HINTER DIESEM ANONYMEN ANRUF, DER UNS AUF DIE DREI LEICHEN IM SEE HINGEWIESEN HAT?

ICH!? WAS WILLST DU DAMIT DENN SAGEN?

HM... VIELLEICHT HAST DU RECHT. DIE DREI BURSCHEN HATTEN ES SICHER VERDIENT.

MMH.

SCHLAG MAL SEITE 5 AUF! VON DA AN WIRD'S INTERESSANT.

SCHEISSE!

DU SAGST ES. DIE DREI GEHÖRTEN ZU EINER PRIVATARMEE, DEREN AUFGABE DARIN BESTEHT, EINE SEHR EXQUISITE GESELLSCHAFT ZU BESCHÜTZEN, EINEN CLUB FÜR DIE GANZ GROSSEN DIESER WELT. DEN BOHEMIAN CLUB.

DER BOHEMIAN CLUB, SAGST DU?

JA. SCHON MAL DAVON GEHÖRT?

DAS WAR KEINE MEISTER-LEISTUNG, FLOYD!

IHRE LEUTE HABEN AUF DER GANZEN LINIE VERSAGT!

WENN IHR SERVICE AMBITIONEN HEGEN SOLLTE, DAS NIVEAU DER CIA ZU ER-REICHEN, DANN HAT ER NOCH EINEN WEITEN WEG VOR SICH!

ICH BIN GESTERN ABEND VÖLLIG PROBLEMLOS AUF DAS GELÄNDE GELANGT! ICH HABE DIE WACHEN UMGANGEN UND DER CREMATION-OF-CARE-ZEREMONIE BEIGEWOHNT. ICH STAND DIREKT HINTER DEN EINGELADENEN GÄSTEN, GEGENÜBER DER GROSSEN EULE.

VOM MEINEM STANDPUNKT AUS WÄRE ES EIN LEICHTES GEWESEN, PRESTON* UND SEINE GANG UM-ZULEGEN! BEI DER PANIK, DIE DANN AUS-GEBROCHEN WÄRE, HÄTTE ICH MICH UNER-KANNT WIEDER AUS DEM STAUB MACHEN KÖNNEN!

SIE SIND JA AUCH EIN PROFI! FÜR EINEN JOUR-NALISTEN ODER IRGEND JEMAND ANDEREN MIT BÖSEN ABSICH-TEN WÄRE ES...

DAS MEINEN SIE NICHT IM ERNST, ODER? GLAUBEN SIE WIRKLICH, DIE WÜRDEN AMATEURE ANHEUERN, WENN SIE VORHABEN, ALLE FÜH-RUNGSKRÄFTE DIESES VERDAMMTEN LANDES AUF EINEN SCHLAG AUSZULÖSCHEN?

* EX-PRÄSIDENT DER USA. SIEHE DIE BÄNDE 11 UND 12.

PING

EINE NEUE MAIL...

DER ALPTRAUM GEHT WEITER!

Unsere Flitterwochen in Quebec waren herrlich! Zehn traumhafte Tage in den schönsten Zimmern des Chateau Frontenac, direkt am Ufer des St.-Lorenz-Stroms. Das Wetter meinte es gut mir uns in diesen ersten Augusttagen. Noch heute denke ich gern an unsere Spaziergänge auf den Gipfel des Mont-Royal zurück.

SEHR LUSTIGER ORT FÜR EINE VERABREDUNG!

GEWÖHNEN SIE SICH RUHIG SCHON MAL DRAN! SIE WERDEN SPÄTER NOCH VIELE JAHRE HIER VERBRINGEN!

DAS EILT ABER NICHT.

CAROLINE BALDWIN... ALAN HAMMERSTEIN.

FREUT MICH!

JA, MICH AUCH.

TASSE KAFFEE?

WOLLEN SIE ETWA AUF DEN GRÄBERN EIN PICKNICK VERANSTALTEN?

ICH GLAUBE KAUM, DASS SICH DEREN BEWOHNER BESCHWEREN WERDEN!

CAROLINE, ICH SAGTE DIR AM TELEFON JA SCHON, DASS ALAN EINER UNSERER BESTEN SPEZIALISTEN FÜR SEKTEN UND GEHEIMBÜNDE IST.

WENN ICH PHILIPS RECHT VERSTANDEN HABE, WÜSSTEN SIE GERN MEHR ÜBER DEN BOHEMIAN CLUB?

UNTER ANDEREM.

DER BOHEMIAN CLUB IST QUASI EIN GEHEIMBUND. SEINE MITGLIEDER GEHÖREN ZUR ELITE UNSERES LANDES UND STEHEN IN DER MEHRZAHL DEN REPUBLIKANERN NAHE. HOHE POLITIKER, FIRMENBOSSE, PRESSEZAREN. SOLCHE ART VON LEUTEN.

DER CLUB WURDE 1872 GEGRÜNDET. SEIN ZIEL IST DIE ERRICHTUNG EINER NEUEN WELTORDNUNG.

WENN'S MEHR NICHT IST!

JEDEN SOMMER TREFFEN SICH DIE MITGLIEDER DES CLUBS - DAS SIND ÜBRIGENS ALLES MÄNNER - IN MONTE RIO IN KALIFORNIEN. DER CLUB BESITZT DORT EIN GELÄNDE MIT SEEN UND WALD. BEI DIESEN TREFFEN FALLEN ENTSCHEIDUNGEN VON IMMENSER BEDEUTUNG.

ES HEISST, DASS DORT BEISPIELSWEISE 1942 DAS MANHATTAN PROJECT BESCHLOSSEN WURDE, WAS DANN BALD DARAUF ZUM BAU DER ATOMBOMBE FÜHRTE.

DAS IST JA ALLES GANZ NETT, ABER WAS HABEN SOLCHE LEUTE MIT DIESEM DOLLARSCHEIN ZU TUN?

HM... DAS AUSSEHEN DIESES SCHEINS GEHT AUF EINEN ANDEREN GEHEIMBUND ZURÜCK, DIE ILLUMINATEN. SIE HABEN DEN DOLLARSCHEIN MIT EINER REIHE IHRER ESOTERISCHEN SYMBOLE GESPICKT.

DIE DREIZEHNSTUFIGE PYRAMIDE UND DARÜBER DAS AUGE IM DREIECK, DIE DREIZEHN PFEILE, DIE DER ADLER HÄLT, DREIZEHN STERNE UND UNTERHALB DER PYRAMIDE DAS SPRUCHBAND MIT "NOVUS ORDO SECULORUM".

EINIGE SAGEN SOGAR, DAS BILD STELLE NICHT GEORGE WASHINGTON DAR, SONDERN DEN GROSSMEISTER DER ILLUMINATEN, DER WASHINGTON ÄHNLICH GESEHEN HABEN SOLL.

UND HIER... WENN SIE SICH DIE RECHTE OBERE ECKE DES SCHEINS UNTER DER LUPE ANSEHEN...

... ERKENNEN SIE DORT EINE WINZIGE EULE!

SIE STEHT FÜR DIE DUNKLE SEITE, WÄHREND DER TRIUMPHIERENDE ADLER AUF DER RÜCKSEITE DAS LICHT REPRÄSENTIERT.

DIE EULE IST AUCH EIN SYMBOL FÜR MOLOCH, EINE KANAANÄISCHE GOTTHEIT AUS DEM DRITTEN JAHRTAUSEND VOR CHRISTUS. DAMALS OPFERTEN ELTERN DEM MOLOCH IHRE KINDER, INDEM SIE SIE DEN FLAMMEN EINES SCHEITERHAUFENS ÜBERGABEN.

ICH SEHE NOCH IMMER KEINE VERBINDUNG ZUM BOHEMIAN CLUB!

DOCH, DIE EULE.

SIE WAR VON ANFANG AN DAS ZEICHEN DES BOHEMIAN CLUBS.

AUF DEM GELÄNDE VON MONTE RIO STEHT AM UFER EINES SEES DIE ZWÖLF METER HOHE SKULPTUR EINER EULE.

UNTER DEN AUGEN DIESER EULE VERANSTALTEN DIE MITGLIEDER DES CLUBS JEDES JAHR EIN DRUIDISCHES RITUAL, IN DESSEN VERLAUF EINE MENSCHLICHE PUPPE VERBRANNT WIRD.

DIESES RITUAL TRÄGT DEN NAMEN "CREMATION OF CARE".

UND WAS BEDEUTET DIE EINGEKREISTE 1408?

DAS SAGT MIR GAR NICHTS!

Beware of the Bohemians!

ALSO HABEN WIR KEINE SPUR!

NOCH MAL AUF ANFANG... ICH FAHRE ZU EINEM GETÜRKTEN TREFFEN MIT GARYS FRAU, VON DEREN EXISTENZ ICH GERADE ERST GEHÖRT HATTE.*

DANN VERSUCHEN VOM BOHEMIAN CLUB BEZAHLTE KILLER, MICH UMZULEGEN. SIE WERDEN ABER SELBST VON EINEM MYSTERIÖSEN SCHUTZENGEL AUSGESCHALTET, DER MICH LEBEND UND MIT EINEM MARKIERTEN DOLLARSCHEIN IN DER TASCHE ZURÜCKLÄSST.

OBENDREIN VERSUCHT MAN MIR JETZT DIE TEIL-NAHME AN EINEM TERRORISTISCHEN KOMPLOTT ANZUHÄNGEN! DAS IST EIN DICKES DING!

TUT MIR LEID, WENN ICH IHNEN NICHT WEITERHELFEN KONNTE!

* SIEHE BD. 15: "DER SCHATTEN DER EULE"

STEIGEN SIE EIN! SCHNELL!

EINSTEIGEN, HABE ICH GESAGT!

PHILIPS!? ABER...

VROOO

KEINE FRAGEN! UND MACHEN SIE SICH SO KLEIN WIE MÖGLICH!

?

ICH GLAUBE, SIE WERDEN BESCHATTET, SCOTT!

FREUND ODER FEIND?

EGAL WER, WIR MÜSSEN SIE LOSWERDEN!

WIR KÖNNEN KEIN RISIKO EINGEHEN.

WOHIN ENTFÜHREN SIE MICH DENN?

INS HAUPTKOMMISSARIAT!... BLEIBEN SIE UNTEN!

SHIT! UND WAS MACHEN WIR JETZT?

FAHR UM DEN BLOCK! ZEHN ZU EINS, DASS SIE HINTEN WIEDER RAUSKOMMEN!

Welcome to POLICE DEPARTEMENT

PARKING

LOS, STEIGEN SIE AUS!

ABER...

KEIN ABER! SCHNELL!

DAS WÄRE ERLEDIGT!

BIS DIE MITKRIEGEN, DASS SIE GAR NICHT MEHR UNS VERFOLGEN, SIND WIR ÜBER ALLE BERGE!

SIE BRINGEN MICH JA ANS ENDE DER WELT!

VIELLEICHT SOLLTEN SIE JETZT MAL KLARTEXT MIT MIR REDEN!

ERZÄHLEN SIE MIR LIEBER VON IHRER FRAU, GARY!

WAS...

OKAY, ICH VERSTEHE. WO IST CAROLINE?

IM AUGENBLICK STELLE ICH HIER DIE FRAGEN, AGENT SCOTT!

ICH VERSTEHE ÜBERHAUPT NICHT MEHR, WAS SACHE IST! DAS IST EIN ALPTRAUM!

JEMAND WILL CAROLINE UND MICH REINLEGEN, PHILIPS!... ICH WAR NIE VERHEIRATET! HÖREN SIE? NIE IM LEBEN!

WARUM HAL-TEN WIR AN?

ICH BRAUCHE EINEN HEISSEN KAFFEE UND EINEN HAMBURGER! ICH WEISS NICHT, WIE DAS BEI IHNEN IST, ABER ICH HATTE HEUTE MORGEN KEIN FRÜHSTÜCK.

HALLO, GEORGE!

HI, PHIL!

ZWEI DOPPELTE CHEESEBURGER MIT POMMES FÜR MICH. UND SIE, SCOTT?

KAFFEE!

WIRD SOFORT ERLEDIGT!... DEINE VER-ABREDUNG SITZT ÜBRIGENS NEBENAN. SIEHT VERDAMMT HÜBSCH AUS!

DIE VERDAMMT HÜBSCHE MÖCHTE IHREN TOAST, BEVOR DIE EIER KALT WERDEN!

CAROLINE! ICH...

WEISST DU NICHT, DASS ICH NIE MIT LEEREM MAGEN DISKUTIERE?

SCHÖN BRAUN DIE POMMES, GEORGE!

WIE IMMER, PHIL. GENAUSO WIE IMMER.

NEIN, NICHT SO WIE IMMER! ICH WILL SIE KNUSPRIG HABEN!

ALSO, ICH HÖRE!

ICH WEISS NICHT, WAS DA VOR SICH GEHT, ABER EINS KANN ICH SCHWÖREN: ICH BIN NICHT VERHEIRATET, UND ICH WAR ES AUCH NIE!

UND DIESE AUDREY? IST DAS EINE KRANK- HAFTE LÜGNERIN? EINE PERVERSE?

AUDREY KAM VOR ZEHN JAHREN VOR MEINEN AUGEN UMS LEBEN! SIE IST TOT.

TOT!?

SIE WAR AUCH FBI-AGENTIN. WIR BEIDE BILDETEN EIN TEAM. ES STIMMT, WIR HATTEN WAS MITEINANDER, ABER DAS WAR VOR DEINER ZEIT.

SIE STARB BEI EINEM EINSATZ. ICH WAR ÜBRIGENS NIE MIT IHR IN QUEBEC, WIE DIE FALSCHE AUDREY AUF FACEBOOK ERZÄHLT. DA VERSUCHT EINER, UNS ZU MANIPULIEREN!

IST JA BRUTAL.

NACHDEM DU WEG WARST, HAT JEMAND MEIN APPARTMENT GEFILZT. ER SUCHTE WOHL WAS BESTIMMTES. ABER WAS?

DAS HIER!

EINEN DOLLAR?

ALS WIR UNS ZULETZT IM HAUSFLUR GESEHEN HABEN, BAT ICH DICH UM KLEINGELD FÜR DAS TAXI. DIESER SCHEIN WAR DABEI. VIER ZIFFERN WAREN MIT KULI EINGEKREIST. BALD DARAUF LOCKTEN MICH DREI MÄNNER IN EINEN HINTERHALT. SIE STANDEN IM DIENST EINER PRIVATEN MILIZ, UND SIE HABEN VERSUCHT, MICH UMZUBRINGEN.

ICH VERDANKE MEIN LEBEN EINEM UNBEKANNTEN. ER LEGTE DIE DREI KERLE UM UND SCHRIEB AUF DEN DOLLARSCHEIN "HÜTE DICH VOR DEN BOHEMIANS"!

DIE DREI KILLER STANDEN IM SOLD DER BOHEMIANS. DAS IST EIN GEHEIMBUND.

JA, DIE KENNE ICH.

ALLES WEIST AUF DIE BOHEMIANS HIN. DIE KILLER, DIE WARNUNG AUF DEM GELDSCHEIN, DIE EULE... DIE IST SOWOHL AUF DEM DOLLAR ALS AUCH ABZEICHEN DES CLUBS! WIR MÜSSTEN NUR RAUSKRIEGEN, WAS DIE EINGEKREISTEN ZIFFERN ZU BEDEUTEN HABEN UND WARUM SIE AUF DEM DOLLAR SIND.

NICHT ZU VERGESSEN DIE ANSCHULDIGUNG, CAROLINE SEI EINE TERRORISTIN! SIE MÜSSEN DAS, WAS DAS FBI AUFGEFANGEN HAT, VON DEINEM LAPTOP VERSCHICKT HABEN, ALS SIE IN DER WOHNUNG WAREN.

WIR SOLLTEN UNSEREN FREUNDEN, DEN BOHEMIANS, EINEN BESUCH ABSTATTEN! ICH WOLLTE SCHON IMMER MAL NACH KALIFORNIEN.

PHILIPS HAT RECHT! NICHTS WIE HIN!

NEIN! DU WIRST STECKBRIEFLICH GESUCHT! DIE NACHRICHT WAR ZWAR NOCH NICHT IN DEN MEDIEN, ABER DAS IST NUR NOCH EINE FRAGE VON STUNDEN!

TAUCH LIEBER AUF DER ANDEREN SEITE DER GRENZE UNTER, IN QUEBEC. VERSUCH, KONTAKT ZUR FALSCHEN AUDREY ZU KRIEGEN. VIELLEICHT MACHT SIE JA MAL EINEN FEHLER. PHILIPS UND ICH FAHREN NACH MONTE RIO.

NICHT SO EILIG, JUNGE! WIR HABEN NOCH FAST ZWEI STUNDEN ZEIT.

DIE WOLLEN WIR FÜR EINEN DRINK NUTZEN.

ENTSPANNEN SIE SICH! DAS FBI IST NICHT ÜBERALL!

ICH WÜNSCHE, WIR HÄTTEN ALLES HINTER UNS.

HOTEL "FIRST NATIONS*", WENDAKE, KANADA...

LANGE NICHT HIERGEWESEN!

WO HAST DU DENN GESTECKT? ARBEITEST DU IMMER NOCH ALS DETEKTIVIN?

JA, DA HAT SICH NICHTS GEÄNDERT. ABER HIER...

IRRE, WAS?

DAS IST WAS ANDERES ALS DIE INDIAN MOTELS MEINES GROSSVATERS!**

WIE LANGE BLEIBST DU?

ICH WEISS ES NOCH NICHT...

DU KRIEGST DIE SUITE ZUM PREIS FÜR EIN ZIMMER.

DANKE! MUSS ABER NICHT SEIN!

* BEZEICHNUNG FÜR DIE KANADISCHEN INDIANER
** SIEHE BD. 2: "KONTRAKT 48-A"

PING

EINE NEUE NACHRICHT...

iPad

Reception △ ▽

From Facebook

Sie haben eine Nachricht von Audrey Scott

Die Pyramide des Königs besiegelt die neue Weltordnung.

DIE PYRAMIDE DES KÖNIGS BESIEGELT DIE NEUE WELTORDNUNG...

WAS DAS BLOSS WIEDER HEISSEN SOLL!?

ES IST DIE DREIZEHNSTUFIGE PYRAMIDE VOM DOLLARSCHEIN...

OKAY, DER WEG IST FREI.

SIE GLAUBEN ALSO, WIR SIND SCHON AUF DEM GELÄNDE?

WENN ICH DAS, WAS ICH SEHE, MIT DER KARTE VERGLEICHE... JA, KEIN ZWEIFEL!

IN DER NÄHE DER GEBÄUDE SIND GANZ BESTIMMT ÜBER-WACHUNGSKAMERAS INSTALLIERT!

VON JETZT AN ABSOLUTE STILLE!

WIR SIND AM ZIEL.

ALLES RUHIG...

JA... DIE RUHE VOR DEM STURM...

Death is vain

UND WAS SOLL UNS DAS NUN SAGEN?

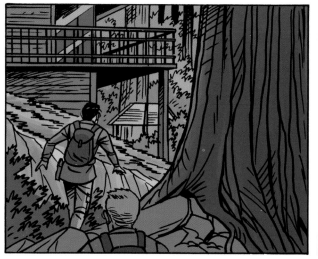

KLICK

EINE KARTE VON MONTREAL... UND DAS HIER KÖNNTE EIN WEGEPLAN SEIN...

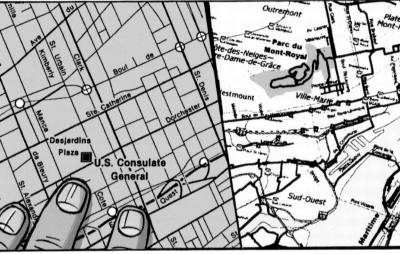

LUFT-AUFNAHMEN DER STADT...

PAW PAW

SHIT! SHIT! SHIT!

PAW PAW

PAW PAW

BRATATATA

PFFF... UND SO WAS IN MEINEM ALTER!

JULIA!?

HALLO, SCHÖNER MA...

HALTEN SIE DURCH! WIR...

SCHHHT!

MIT... MIT MIR IST'S AUS... UND SIE... WISSEN DAS... HÖREN SIE... MIR BITTE... GENAU ZU!...

ICH HATTE VON DER CIA DEN... AUFTRAG, DIE MILIZ ZU... INFILTRIEREN... DER BOHEMIAN CLUB... HAT BESCHLOSSEN, DIE... AMERIKANISCHE PRÄSIDENTIN UND DEN... PRÄSIDENTEN CHINAS ZU... ERMORDEN...

DEN CHINESISCHEN PRÄSIDENTEN?

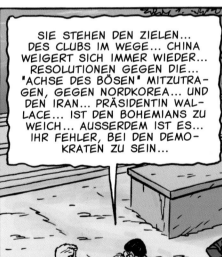

SIE STEHEN DEN ZIELEN... DES CLUBS IM WEGE... CHINA WEIGERT SICH IMMER WIEDER... RESOLUTIONEN GEGEN DIE... "ACHSE DES BÖSEN" MITZUTRAGEN, GEGEN NORDKOREA... UND DEN IRAN... PRÄSIDENTIN WALLACE... IST DEN BOHEMIANS ZU WEICH... AUSSERDEM IST ES... IHR FEHLER, BEI DEN DEMOKRATEN ZU SEIN...

NACH DEN ANSCHLÄGEN DURCH... RADIKALE ISLAMISTEN HAT DER... RECHTE FÜGEL DES... BOHEMIAN CLUBS... EINE KAMPAGNE GESTARTET... SIE WOLLEN DEN HASS DER BEVÖLKERUNG... GEGEN DEN ISLAM SCHÜREN UND DADURCH DAS... KLIMA FÜR EINE MILITÄRISCHE INTERVENTION... IM NAHEN OSTEN SCHAFFEN...

ABER WAS HABEN CAROLINE UND ICH MIT DIESER SACHE ZU TUN!?

ES GIBT UNTER DEN... MITGLIEDERN DES CLUBS AUCH ANDERE MEINUNGEN... DER BOSS DES GRÖSSTEN... AMERIKANISCHEN LUFTFAHRTUNTERNEHMENS... DER KRISTAL CORPORATION*... VERSUCHTE KONTAKT ZU IHRER... FREUNDIN AUFNEHMEN. DER MANN... DEN SIE IN DER SCHWEIZ TREFFEN WOLLTEN... SOLLTE IHNEN ALLES SAGEN... ER WURDE AUSGESCHALTET...

ABER ZU SPÄT... DENN ER HATTE ES BEREITS GESCHAFFT... IHNEN DIE NOTWENDIGEN INFORMATIONEN AUF EINEM DOLLARSCHEIN ZUKOMMEN ZU... LASSEN... DER CLUB VERSUCHTE, DIESEN DOLLAR ZURÜCKZUBEKOMMEN... AUSSERDEM HÄNGTE MAN IHRER FREUNDIN AN... SIE SEI IN EIN KOMPLOTT... GEGEN DIE PRÄSIDENTIN VERWICKELT...

DA ICH... STÄNDIG ÜBERWACHT WURDE... NAHM ICH UNTER DER TARNUNG... IHRER PSEUDO-FRAU KONTAKT ZU BALDWIN AUF... ICH WOLLTE SIE ÜBER MEINE MAILS DAZU BRINGEN... DIE AUF DEM DOLLAR VERBORGENEN... INFORMATIONEN RICHTIG ZU DEUTEN...

SIE HABEN SIE IN EINE FALLE LAUFEN LASSEN!

ICH WOLLTE... ZU UNSERER VERABREDUNG KOMMEN... ABER NACHDEM DIE... MILIZEN DEN SCHEIN NICHT... IN DER WOHNUNG GEFUNDEN HATTEN, SOLLTE BALDWIN ELIMINIERT WERDEN... ICH MUSSTE IMPROVISIEREN...

ICH HABE DIE MÄNNER AM SEE ERSCHOSSEN... ICH HABE IHR DANN... NOCH EINE... WARNUNG AUF DEN DOLLAR GESCHRIEBEN... ICH KONNTE MICH JETZT... NICHT WEITER AUS MEINER DECKUNG WAGEN...

"VORSICHT VOR DEN BOHEMIANS"... DIE WARNUNG IST ANGEKOMMEN, WIE SIE SEHEN.

ICH HABE IHRER FREUNDIN ÜBER... FACEBOOK WEITERE FOTOS GESCHICKT... ICH...

ES TUT MIR LEID! ICH...

SIE TUN... NUR IHRE ARBEIT... AGENT SCOTT... ICH HÄTTE GENAUSO... GEHANDELT...

JULIA! JULIA!

SIE IST TOT... KOMMEN SIE, WIR SOLLTEN VON HIER WEG!

* SIEHE DIE BDE. "MOON RIVER" UND "DER SCHATTEN DER EULE"

CAROLINE!

HIER IST EIN GARY SCOTT FÜR DICH AM TELEFON!

NA, WIE WAR EUER BESUCH DA UNTEN?

AUFREGEND! DIESE LEUTE FACKELN NICHT LANGE!... NEIN, ICH BIN OKAY, ABER PHILIPS HABEN SIE AM ARM ERWISCHT... NEIN, NICHTS ERNSTES.

NICHTS ERNSTES!? ICH MÖCHTE SIE MAL AN MEINER STELLE SEHEN!

ICH HABE AUF EINEM TISCH IN EINEM DER HÄUSER KARTEN UND LUFT-AUFNAHMEN VON MONTREAL GESEHEN.

ACH JA, UND DAS WICHTIGTE... JULIA PETERSON IST TOT. DIE CIA HATTE SIE ALS MAULWURF EINGESETZT. DIE NACHRICHTEN AUF FACEBOOK WAREN VON IHR.

ABER WAS SOLLTE DAS ALLES?

DAS WÄRE JETZT ZU KOMPLIZIERT... JULIA HAT UNS ERZÄHLT, DASS RECHTE MITGLIEDER DER BOHEMIANS EINEN AN-SCHLAG AUF DIE US-PRÄSIDENTIN UND IHREN CHINESISCHEN KOLLEGEN PLANEN. WANN UND WO, KEINE AHNUNG! JULIA HATTE NICHT MEHR GENUG ZEIT. WAS GIBT ES BEI DIR NEUES?

BIS AUF EINE NEUE FACEBOOK-NACHRICHT NICHTS. ICH WEISS IMMER NOCH NICHT, WAS DIE EINGEKREISTEN ZIFFERN BEDEUTEN... OKAY. RUF MICH AN, WENN IHR WIEDER IN NEW YORK SEID! KÜSSCHEN!

DANKE!

KEINE URSACHE.

SCHON WIEDER!

ALSO... FOTOS UND KARTEN VON MONTREAL...

FIRST NATIONS HOTEL, GUTEN TAG!

TUT MIR LEID, ABER VOM 14.8. BIS ZUM 17.8 SIND WIR KOMPLETT AUSGEBUCHT, WEGEN DES G20-GIPFELS IN MONTREAL.

JA... AUF WIEDERHÖREN, SIR.

SAG DAS BITTE NOCH MAL!

ÄH... JA... AUF WIEDERHÖREN, SIR!

DAS VORHER!

VOM 14.8. BIS ZUM 17.8 SIND WIR KOMPLETT AUSGEBUCHT...

LIEBER GOTT!

SCHNELL, DEIN TELEFON!

CAROLINE!? ICH SAGTE DIR DOCH, NICHT AUF MEIN HANDY! MAN KANN DICH SONST ORTEN!

WAS!?

ES IST EIN DATUM! DAS DES G20-GIPFELS IN MONTREAL IN DREI TAGEN! DA WOLLEN SIE ZU-SCHLAGEN!

DIE WALLACE UND DER CHINESE WERDEN DABEISEIN. DAS FBI MUSS DAS WEISSE HAUS VERSTÄNDIGEN!

ICH KÜMMERE MICH DARUM. UND DU VERSCHWINDE SOFORT AUS DEM HOTEL! DIESE LEUTE SIND ZU ALLEM FÄHIG! SIE KÖNNTEN MEIN HANDY ÜBER-WACHEN. ALSO PACK SOFORT DEINE SACHEN!

WAS NEUES?

UND OB, JA!

NA, VON UNSERER SUITE HAST DU JA NICHT LANGE WAS GEHABT!

DAFÜR HAST DU JETZT EINEN KLEINEN EINDRUCK VOM LEBEN ALS DETEK-TIVIN GEKRIEGT!

ICH KOMME ABER BALD MAL WIEDER! VERSPROCHEN!

AUF NACH MONTREAL!

EIN PRIVAT-JET! MAN LEBT NICHT SCHLECHT BEIM FBI!

DER ZWECK HEILIGT DIE MITTEL, ODER NICHT?

UND WIE SIEHT DAS PROGRAMM AUS?

DAS WISSEN WIR SICHER GLEICH.

NUN?

DAS WEISSE HAUS WILL UNBEDINGT DIE PRÄSIDENTIN ZUM GIPFEL SCHICKEN.

DAS WAR JA ZU ERWARTEN.

DIE ZENTRALE WIRD IM GANZEN LAND DURCHSUCHUNGEN VORNEHMEN. DAS GIBT BESTIMMT EINIGEN WIRBEL.

UND WAS UNS BETRIFFT?

DAZU HABE ICH KEINE ANWEISUNGEN. WENN SIE MEINE PERSÖNLICHE MEI-NUNG HÖREN WOLLEN...

SCHON GUT! WENN ES DEM PILOTEN NICHTS AUSMACHT, WÜRDEN WIR GERN NACH KANADA FLIEGEN!

13. AUGUST, 16 UHR. DAS AMERIKANISCHE KONSULAT IN MONTREAL, DER KRISENSTAB...

ABER CAROLINE, VERSTEH DOCH...

LASS STECKEN, GARY!

ICH FAHRE ZURÜCK INS HOTEL. AMÜSIER DICH GUT MIT DEINEN KORREKTEN FREUNDEN!

SCOTT! WIR WARTEN AUF SIE!

ABER...

UND?

SIE HABEN MICH OHNE EIN DANKESCHÖN VOR DIE TÜR GESETZT, ALS SEI ICH EINE VERDÄCHTIGE PERSON!

ACH JA?

GARY KANN DAZU NICHTS! DER IST OKAY!

ES IST DAS SYSTEM!

ICH HAB DAS SELBST ERFAHREN, SOBALD ICH MIT DEM FBI ZU TUN HATTE. DIE GLAUBEN IMMER NOCH, DASS SIE ANDEREN MIT SONNENBRILLEN UND DUNKLEN ANZÜGEN IMPONIEREN! DAS IST EINE BANDE VON ARSCHLÖCHERN, DIE SICH FÜR WAS BESSERES HALTEN!

AU! MEIN ARM MELDET SICH MAL WIEDER.

ICH LADE DICH ZU EINEM WHISKEY EIN! DAS BESTE SCHMERZMITTEL, DAS ICH KENNE!

BING

WEISST DU, WIE SPÄT ES IST?

NEIN, WARUM?

HÖR MAL, CAROLINE... SOLANGE DIESE SACHE NICHT ABGESCHLOSSEN IST, BIST DU...

ICH WAR MIT PHILIPS UNTERWEGS. UM DEINE FREUNDE ZU VERGESSEN, HABEN WIR DREI BARS GEBRAUCHT. REICHT DAS ALS ERKLÄRUNG?

ENTSCHULDIGE MAL! WIR STECKEN VOLL IN DER SCHEISSE! DIE PRÄSIDENTIN UND IHR TROSS SIND EINGETROF- FEN, UND WIR HABEN NOCH IMMER NICHT DEN KLEINSTEN HIN- WEIS DARAUF, WO DIE ATTENTÄTER ZUSCHLAGEN WERDEN!

DIE NERVEN MEINER KOLLEGEN LIEGEN BLANK!

SCHON KLAR. ICH HAB SIE UNTEN IN DER LOBBY GESEHEN.

DU HÄTTEST NICHT UNBEDINGT DAS HOTEL DER PRÄSIDENTIN NEHMEN SOLLEN!

ICH BIN IM DIENST!

BRAVER SOLDAT! GUTE NACHT!

* HÜGELKETTE ÜBER DER STADT MONTREAL

IN DEN NACHRICHTEN VON JULIA HAT MICH EINS IRRITIERT. SIE SCHRIEB, IHR SEID BEI EURER REISE NACH QUEBEC AUF DEM MONT-ROYAL SPAZIERENGEGANGEN. DEN GIBT ES DA ABER NICHT. DER IST HIER, IN MONTREAL!

IN IHRER LETZTEN NACHRICHT SCHICKTE JULIA MIR AUSSERDEM EIN BILD DER PYRAMIDE VOM DOLLARSCHEIN UND SCHRIEB DAZU:"DIE PYRAMIDE DES KÖNIGS BESIEGELT DIE NEUE WELTORDNUNG"!

HIMMEL, DIE PYRAMIDE DES KÖNIGS!

GENAU! DER MONT-ROYAL!

ICH GEBE DEM FBI BESCHEID!

ABER ZUERST DEM STABSCHEF DES WEISSEN HAUSES! ER MUSS UNBEDINGT DEN KONVOI ANHALTEN!

ICH FÜRCHTE, UNSER GEGNER IST...

JA, ICH HAB SIE AUCH SCHON ENTDECKT!

JA, DA OBEN!

WENN SIE MIR BITTE FOLGEN WOLLEN... DER HERR MINISTER ERWARTET SIE.

KOMMEN SIE NUR!

EINEN DRINK? DEN HABEN SIE SICH VERDIENT!

DIE PRÄSIDENTIN HAT MICH GEBETEN, IHNEN FÜR IHRE ARBEIT ZU DANKEN!

IST SIE NOCH HIER IN MONTREAL?

NEIN. AIR FORCE ONE HAT SIE GESTERN NACH WASHINGTON ZURÜCKGEBRACHT.

UNSERE GEHEIMDIENSTE HABEN DAMIT BEGONNEN, UNTER DEN VERSCHWÖRERN AUFZURÄUMEN. IHRE KÖPFE WERDEN FALLEN, EINER NACH DEM ANDEREN.

ZU IHRER PERSÖN-LICHEN SICHERHEIT EMPFEHLEN WIR IHNEN, HIER IN KANADA ZWEI WOCHEN URLAUB ZU NEHMEN, BIS SICH ALLES WIEDER BERUHIGT HAT.

SOLL DAS EIN WITZ SEIN? WIE SOLL ICH DAS MEINER FRAU ERKLÄREN? SIE KENNEN SIE NICHT!

ICH MACHE ÜBERSTUNDEN WIE EIN BEKLOPPTER, NUR UM SIE NICHT SEHEN ZU MÜSSEN, UND JETZT WERDE ICH DAZU VERDONNERT, ZWEI WOCHEN AM STÜCK MIT IHR ZU VERBRINGEN! UND DAS NENNT SICH AUCH NOCH URLAUB!

BAH, HIER PASSIERT DOCH SCHNELL MAL EIN UNFALL! DIE LEUTE ERTRINKEN IM SEE, WERDEN VON BÄREN ODER VON DEN MÜCKEN GEFRESSEN...

GARY!

ES WIRD MIR EIN VER-GNÜGEN SEIN, SIE KENNENZULERNEN! SIE WIRD JETZT SCHON IM FLIEGER VON NEW YORK NACH MONTREAL SITZEN!

WAS!?

NEIN, DANKEN SIE MIR NICHT, INSPECTOR! SIE WERDEN SEHEN, DASS KANADA FÜR EINEN AMERIKANER SEHR ERSCHWINGLICH IST!

ENDE